Analyse de l'œuvre

Par Cécile Perrel
et Florence Balthasar

Le Rapport de Brodeck

de Philippe Claudel

lePetitLittéraire.fr

Rendez-vous sur lepetitlitteraire.fr et découvrez :

Plus de 1200 analyses
Claires et synthétiques
Téléchargeables en 30 secondes
À imprimer chez soi

PHILIPPE CLAUDEL

ÉCRIVAIN ET RÉALISATEUR FRANÇAIS

- **Né en 1962 à Dombasle-sur-Meurthe (Meurthe-et-Moselle)**
- **Quelques-unes de ses œuvres :**
  - *Les Âmes grises* (2003), roman
  - *La Petite Fille de Monsieur Linh* (2005), roman
  - *Petite fabrique des rêves et des réalités* (2008), roman

Écrivain et réalisateur français, Philippe Claudel est maitre de conférences à l'université de Nancy et est professeur à l'Institut européen du cinéma et de l'audiovisuel. Il a également enseigné dans les prisons et auprès de personnes handicapées. Il est également l'auteur d'une vingtaine de livres, traduits dans une trentaine de langues et souvent primés, dont *Les Âmes grises*, *La Petite Fille de Monsieur Linh* ou encore *Le Rapport de Brodeck*. Son premier film en tant que réalisateur, *Il y a longtemps que je t'aime*, est sorti en 2008. La thématique de la guerre et de ses conséquences se retrouve dans plusieurs de ses œuvres.

LE RAPPORT DE BRODECK

MÉMOIRE DE GUERRE

- **Genre :** roman
- **Édition de référence :** *Le Rapport de Brodeck*, Paris, Le Livre de Poche, 2009, 374 p.
- **1re édition :** 2007
- **Thématiques :** Seconde Guerre mondiale, meurtre, peur, folie, enquête, mémoire

Le Rapport de Brodeck, paru en 2007, raconte le travail d'écriture d'un homme, Brodeck, mandaté par les membres de son village après leur meurtre d'un étranger (afin de prouver qu'ils ont agi dans leurs droits). Étant le seul à savoir rédiger et à posséder une machine à écrire, il doit produire un rapport précis et circonstancié des faits, auxquels il n'a pas participé. Il se lance alors dans un travail de collecte que le lecteur suivra et qui sera entrecoupé par la reprise de certains de ses souvenirs de prisonnier de camp pendant la Seconde Guerre mondiale (1939-1945). Brodeck doit écrire l'indicible et s'interroge sur la véritable nature humaine.

RÉSUMÉ

LES CICATRICES DE LA GUERRE

Brodeck vit dans un petit village de montagne avec sa famille : son épouse Emélia, leur fille Poupchette et Fédorine, une vieille femme qui s'est occupée de lui lorsqu'il était enfant. Il a rencontré sa femme alors qu'il faisait, grâce aux habitants de son village, des études dans la ville de S. À l'époque, tous se sont cotisés afin qu'il y ait quelqu'un d'instruit parmi eux ; Brodeck présentait les meilleures capacités.

Bientôt, des rumeurs au sujet de rassemblements de troupes à la frontière ont commencé à circuler, et des manifestations de travailleurs ont éclaté en ville : Brodeck n'y a pas pris part. Une nuit, une émeute a éclaté : les boutiques appartenant à des *Fremder* (que l'on peut traduire par « étrangers » ou « traitres », « ordures ») ont été saccagées. Brodeck a même assisté, impuissant et révolté, à l'assassinat d'un vieil homme. Il s'est alors rendu chez Emélia pour lui demander sa main, et tous deux ont fui la ville pour se réfugier au village, interrompant, par la même occasion, ses études.

Quelque temps après le début de la guerre, les *Fratergekeime*, une troupe ennemie, se sont installés dans le village sous le commandement du chef d'escadron Buller. Les débuts de la cohabitation entre les habitants et l'armée ont été très difficiles. Le chef d'escadron a en effet réclamé la purification du village. Sur son insistance, le maire ainsi que d'autres hommes importants du village ont inscrit les noms de deux habitants : Brodeck et Simon Frippman, les seuls étrangers du village (ils n'y étaient pas nés). Tous deux ont été arrêtés, puis séparés. Brodeck a été enfermé dans un camp où il a été réduit à l'état d'animal. Là, pour répondre aux désirs de la femme du directeur, un homme était choisi chaque jour au hasard pour être pendu en public. Brodeck a donc vécu la peur au ventre, incertain de sa survie. À son retour, il n'a pu confier l'horreur qu'il a vécue qu'à Fédorine.

Pendant la détention de Brodeck, Emélia a, elle aussi, été fortement marquée. Un jour, trois jeunes filles visiblement en fuite ont été découvertes dans la forêt et ont été livrées aux soldats qui les ont maltraitées. Emélia, qui avait pris leur défense, a été enfermée avec elles. Le lendemain, Fédorine a retrouvé les trois jeunes filles mortes : elles avaient été violées et torturées, autant par les soldats que par des villageois. Seule Emélia a échappé à la mort, mais cette épreuve lui a fait perdre l'esprit. Elle s'est enfermée dans un mutisme dont même le retour de son mari n'est pas parvenu à la faire sortir. Du viol dont Emélia a été victime est née Poupchette, que Brodeck a reconnu comme sa fille et qu'il aime profondément.

LE MEURTRE DE L'ÉTRANGER

La guerre est enfin finie. Un soir, alors qu'il entre dans l'auberge *Schloss*, Brodeck se retrouve face aux autres hommes du village qui viennent de commettre un meurtre : ils ont tué celui que tout le monde appelle l'*Anderer* (« l'autre »), un étranger venu s'installer parmi eux peu de temps auparavant.

D'un commun accord, ceux-ci demandent à Brodeck d'écrire un rapport (pour que la ville l'archive) sur ce qu'il vient de se passer, afin qu'on ne les juge pas et qu'on puisse comprendre qu'ils ont agi dans leurs droits. En effet, L'*Anderer* mettait mal à l'aise les habitants et troublait l'équilibre du village par sa présence et son attitude taciturnes, maniérées et observatrices. En croquant les habitants avec la plus grande sincérité, révélant ainsi leurs vices enfouis, il a déclenché le processus de rejet total des villageois. Malgré le dégout que lui inspirent ses concitoyens, Brodeck ne peut qu'accepter. En parallèle du récit du crime du village, qu'il appelle l'*Ereigniës* (signifiant « la chose qui s'est passée ») et qui est l'occasion pour lui de se remémorer ses propres souvenirs, il décide d'écrire l'histoire de sa vie : son enfance, sa vie avec Fédorine, son arrivée au village, ses études à S., sa rencontre avec Emélia, le retour au village, la guerre et l'enfer du camp.

Dès le lendemain du drame, Brodeck commence à recueillir des informations afin de pouvoir entamer la rédaction de son rapport : l'*Anderer* est arrivé au village un jour de mai, habillé avec une telle recherche que sa tenue était inappro-priée pour le lieu, et accompagné de son cheval et de son âne, Mlle Julie et M. Socrate. Immédiatement, cet homme a inspiré la méfiance et la peur des villageois. Depuis la fin de la guerre, aucun étranger n'était en effet venu au village. Brodeck était, quant à lui, heureux de voir un nouvel arrivant. Mais les habitudes de l'*Anderer* ont tout de suite déplu aux autres villageois. Il était très maniéré, habillé avec préciosité et avait un comportement inhabituel, notamment avec ses animaux, qu'il traitait comme de véritables hommes.

Brodeck comprend très vite que les hommes s'étaient donné rendez-vous le soir du meurtre et se demande pourquoi il n'a pas été convié. En réalité, depuis son retour du camp, Brodeck fait peur aux autres habitants, d'une part parce qu'il a survécu à l'enfer et qu'il leur rappelle tous les jours leur implication et leur culpabilité dans ce qui lui est arrivé et, d'autre part, parce qu'il n'est plus comme les autres du fait de son horrible expérience. Cette implication et cette culpabilité rejaillissent sur papier lorsque l'*Anderer* réalise quelques portraits d'habitants qu'il expose un jour à l'Auberge *Schloss*. Cet évènement est l'élément déclencheur : les habitants ne supportent plus la présence de cet étranger.

Peu de temps après avoir commencé l'écriture de son rapport, Brodeck se rend compte que quelqu'un s'est introduit dans la resserre, la pièce où il s'enferme pour taper à la machine, qui appartenait auparavant à Diodème, l'instituteur du village et l'un de ses amis. Cette personne a tout mis sens dessus dessous, mais n'a pas trouvé ses documents. C'est à cette occasion que Brodeck découvre, dissimulée dans un tiroir, une lettre écrite à son attention par Diodème. Ce dernier est mort quelques semaines plus tôt, dans d'étranges circonstances. La lettre découverte est une confession : Diodème y explique pourquoi Brodeck a été arrêté et conduit dans un camp.

Au fil de son enquête pour découvrir les circonstances exactes de la mort de l'*Anderer*, Brodeck apprend que le maire a demandé à l'étranger de quitter le village, ce que celui-ci n'a pas fait. Quelques jours après cette demande, la jument et l'âne de l'*Anderer* ont été retrouvés noyés dans la rivière, ligotés. Deux jours plus tard, c'est lui-même qui a été tué. Se remémorant les faits, Brodeck fait ainsi le lien et parvient à découvrir la cause du meurtre : *l'Anderer* avait révélé la face cachée des gens du village dans les portraits qu'il avait dessiné d'eux.

Une fois son travail terminé, Brodeck remet son rapport au maire Orschwir qui le brule, affirmant que la mémoire représente parfois un terrible danger. Ne pouvant désormais plus vivre parmi ces hommes, qu'ils dérange depuis son retour du camp, Brodeck décide de quitter le village avec Fédorine, Emélia et Poupchette,

ÉTUDE DES PERSONNAGES

BRODECK

Bien que Brodeck soit le personnage principal du roman, on ne connait ni son nom complet, ni son âge, ni même sa nationalité. On peut cependant supposer qu'il approche de la trentaine puisqu'il a eu le temps de commencer des études, de se marier et de revenir habiter dans le village.

C'est un enfant orphelin qui a été recueilli devant une maison en ruines par Fédorine, dans un pays dont on ne connait pas le nom. Cette dernière l'a pris en charge avant de s'arrêter dans le village où ils vivent tous les deux encore aujourd'hui.

Montrant des dispositions pour les études, Brodeck a été envoyé à l'université de S. par le reste du village. C'est là qu'il a rencontré Emélia, sa future femme. Mais la guerre est venue ruiner ses projets. Parce qu'il venait d'un pays étranger, il a été déporté dans un camp où il a été réduit à l'état d'animal, obligé de se comporter comme un chien, marchant à quatre pattes, portant collier et laisse, et mangeant dans une gamelle : « Les gardes ne m'appelaient plus Brodeck mais Chien Brodeck. » (chapitre III) Brodeck a cependant réussi à survivre à cet enfer et est rentré au village.

Malgré son horrible expérience, il n'est pas amer et ne juge pas les hommes. C'est un être profondément sensible et sage. Il a appris à observer les comportements humains et à les décoder. Il a des mots pleins de bon sens pour expliquer

le meurtre de l'*Anderer*, et son rapport est basé sur la vérité :
« J'ai fait simple. J'ai tenté de dire sans trahir. Mais je n'ai rien
maquillé. Je n'ai rien arrangé [...]. » (chapitre XXXVIII) Au fil
de son travail de collecte de souvenirs (et lorsque le fruit de
ce travail est brulé), Brodeck réalise que lui aussi fait peur
et qu'il dérange les villageois. Il prend donc la décision de
quitter ce lieu pour enfin (re)vivre.

L'ANDERER

L'*Anderer* est un homme sans âge, aux boucles blondes, au
visage enfantin et aux joues rebondies :

> « Son visage avait toujours un grand sourire, un sourire qui
> remplaçait souvent les mots dont il était économe. Ses yeux
> étaient très ronds, d'un beau vert jade, et sortaient un peu
> de sa tête, ce qui rendait son regard encore plus pénétrant. »
> (chapitre II)

Son apparence dérange les villageois : il n'est pas habillé
comme eux et porte des vêtements de tissus précieux,
brodés.

Personne ne connait son nom ni ne sait pourquoi il a choisi
de s'installer précisément dans ce village. Il passe son temps
à dessiner ou à prendre des notes dans un petit carnet, ce qui
rend les gens nerveux, comme s'ils se sentaient espionnés.
Un jour, Brodeck surprend la conversation d'un groupe de
villageois, qui annonce le drame qui va suivre : « [P]eut-être
il faut que le carnet n'aille jamais plus ailleurs, ou peut-être
il faut que ce soit celui à qui il appartient qui ne puisse plus
jamais partir... » (chapitre XV)

Bien qu'il vive dans le village, l'*Anderer* est retiré du monde et ne se mêle pas aux autres. Il a cependant quelques rapports avec Brodeck qui, se sentant inexplicablement en confiance, lui confie son histoire et celle d'Emélia.

La curiosité générale qu'il suscite au départ chez les villageois se transforme peu à peu en haine : cette dernière atteint son apogée lors de l'exposition de ses œuvres. Les portraits qu'il a peint des villageois sont trop criants de vérité pour que ceux-ci les acceptent : ils montrent leurs vrais visages, « ils dis[ent] des choses qui n'auraient jamais dû être dites, ils rév[èlent] des vérités qu'on avait étouffées. » (chapitre XXXIV)

FÉDORINE

Fédorine a recueilli Brodeck à l'âge de 4 ans alors qu'il était orphelin. Elle s'en est occupé comme une mère et l'a emmené loin de sa maison en ruines et de ses parents morts. Cette femme est sans âge, Brodeck dit même d'elle :

> « Je ne sais pas si Fédorine a connu la jeunesse. Je l'ai toujours vue tordue et courbée, [...]. Même lorsque j'étais un enfant et qu'elle m'a recueilli, elle ressemblait déjà à une sorcière cabossée. » (chapitre III)

Lorsqu'il rentre du camp, c'est elle qui le soigne. Elle connait des remèdes et des potions pour apaiser les maladies et les fièvres. C'est également elle qui prend soin de Poupchette puisqu'Emélia, traumatisée par les évènements qu'elle a vécus, n'est pas en mesure d'assumer son rôle de mère. Elle fait une confiance aveugle à Brodeck, mais ne se mêle pas à la vie du village, nourrissant une profonde méfiance envers les autres habitants.

EMÉLIA

Emélia est l'épouse de Brodeck. Elle l'a rencontré alors qu'il faisait ses études à S., où elle exerçait le métier de brodeuse. Elle l'a suivi dans son village lorsque la guerre a éclaté et l'a épousé.

Particulièrement belle, c'est grâce à son souvenir que Brodeck a résisté dans le camp et a trouvé le courage de survivre à l'enfer. Elle a, elle aussi, connu une tragédie pendant la guerre : ayant courageusement pris la défense des trois jeunes filles violentées par les soldats, elle a été violée à son tour et laissée pour morte. À la suite de son viol, elle a mis au monde une petite fille, Poupchette.

À cause de cet épisode, elle est tombée dans un profond mutisme et a cessé de communiquer avec ses semblables. Elle semble néanmoins reprendre vie à la fin du roman, au moment du départ, lorsqu'elle exerce une pression sur le cou de son mari comme pour le presser de quitter à jamais ce lieu où ils ont connu l'horreur, où des personnes avec qui ils cohabitaient les ont trahis. Ce geste est une preuve irréfutable qu'elle reprend vie à l'idée de ce départ.

LES VILLAGEOIS

Les habitants du village semblent former un groupe homogène, un personnage à part entière. Ils agissent tous ensemble, comme une foule compacte, ce qui peut donner, par moment, un sentiment d'oppression. Quelques hommes se détachent cependant de l'ensemble :

- **Diodème, l'instituteur du village et ami de Brodeck.** Lorsque le roman débute, il est mort depuis trois semaines : sans doute s'est-il suicidé. Il n'a jamais pu accepter d'avoir été contraint de trahir Brodeck en le dénonçant aux soldats occupant le village. C'est grâce à une lettre écrite de sa main que Brodeck apprend enfin la vérité sur son arrestation. C'est un homme juste. Absent du village, il n'a pas assisté à l'*Ereigniës* ;
- **Hans Orschwir, le maire du village.** Il a participé à l'*Ereigniës* et explique à Brodeck ce que l'on attend de son rapport. Il se considère comme le garant du bon ordre dans le village. Il parle beaucoup en utilisant des métaphores. Ainsi compare-t-il notamment les hommes aux porcs qu'il élève dans son domaine :

> « Ils pourraient manger leurs propres frères, leur propre chair, ça ne les dérangerait pas, ils ne font pas de différence [...] car ils mangent de tout, sans jamais se poser de question [...] Et ils ne pensent pas Brodeck, eux. Ils ne connaissent pas le remords. Ils vivent. Le passé leur est inconnu. Ne crois-tu pas que ce sont eux qui ont raison ? » (chapitre V)

Orschwir fait partie de ceux qui ont pactisé avec l'ennemi lors de l'occupation du village. Il affirme à plusieurs reprises que la mémoire est un poison dont il faut se débarrasser, ce qui l'amène à bruler le rapport de Brodeck ;
- **Göbbler, le plus proche voisin de Brodeck.** Il le surveille pendant la rédaction du rapport, l'épiant le soir lorsqu'il tape à la machine. Pendant l'occupation du village par

les troupes ennemies, il a convaincu les habitants que cette occupation avait du bon et est devenu une sorte de second maire. Il se trouvait souvent dans la tente d'Adolf Buller, le capitaine de la faction postée au village. Lorsqu'on lui a amené les trois jeunes filles en fuite, c'est lui qui a pris la décision de les remettre à l'ennemi, sachant pertinemment qu'il signait leur arrêt de mort. C'est un être mauvais et sans scrupules ;

- **Dieter Schloss, le gérant du plus gros café du village, l'auberge *Schloss*.** Malgré l'absence continuelle de voyageurs, l'auberge possède encore quatre chambres dont l'une est occupée par l'*Anderer* durant son séjour au village. C'est également dans cette auberge qu'a eu lieu l'inqualifiable, l'*Ereigniës*, évènement au cours duquel l'*Anderer* est assassiné. Au fil de l'ouvrage, Schloss se révèle être à l'image de la majorité des villageois : un suiveur, voire un profiteur, plutôt qu'un malveillant par nature : « Je fais ce qu'on me dit, c'est tout. Je ne veux pas d'histoires, [...] je ne suis qu'un homme simple [...] Je ne suis pas le pire. » (chapitre XX). L'aubergiste se livre à Brodeck à deux reprises. Lors de sa seconde confession, il rapporte une conversation qu'il a surprise entre le maire et l'*Anderer*. Le compte-rendu de l'aubergiste fait comprendre à Brodeck que le ton et les sentiments envers l'Anderer étaient déjà menaçants.

CLÉS DE LECTURE

UN ROMAN UNIVERSEL

Écrire un roman universel, pouvant toucher tout un chacun, n'est pas chose aisée. Il faut en effet parvenir à surpasser ses propres conceptions du monde pour atteindre l'entendement de tous. Il s'agit de gommer sa sensibilité culturelle en faveur de celle de chacun. Avec *Le Rapport de Brodeck*, Philippe Claudel réalise ce pari délicat.

Des éléments spatiotemporels indéterminés

Pour parvenir à cet objectif, l'auteur met en place un procédé très simple : il maintient le lecteur dans le flou à propos des lieux et époque auxquels se déroule son récit. Lorsqu'apparaissent des noms de lieux ou éléments de décor, ceux-ci sont issus de l'imaginaire de l'auteur. Ainsi la rivière Staubi et les montagnes qui découpent l'horizon, comme le Hunterpitz et les trois Schnikelkopf, sont fictives. Philippe Claudel choisit également de réduire le nom de la ville principale à sa plus simple expression, une seule lettre, S. Il va même jusqu'à omettre purement et simplement certaines informations, à l'instar du nom du village. Cette nébuleuse maintenue autour des données spatiotemporelles est le premier tour de force du roman : s'il ne se situe nulle part, il peut être partout à la fois. Il en va de même pour l'époque : aucune date n'est citée. C'est ainsi que le récit devient transposable à n'importe quel lieu et à n'importe quelle époque.

Cependant, quelques traces émergent dans le récit menant

notre inconscient collectif à le situer plus précisément :

- l'environnement montagneux et la langue ancienne à consonances germaniques restreignent la zone géographique aux pays d'Europe centrale ;
- les *Fratergekeime*, tels qu'ils sont décrits, font penser sans peine aux soldats de l'armée nazie qui ont nié l'humanité de Brodeck pour le réduire au statut d'animal lorsqu'il était emprisonné dans le camp. Le narrateur les décrit en ces termes :

> « Des hommes qui nous ressemblent, que pour ma part j'ai bien connus puisque je suis allé durant deux années étudier dans leur Capitale, des hommes que [...] nous fréquentions car ils venaient souvent chez nous, [...] et parlaient une langue qui est jumelle de la nôtre et que nous comprenons sans peine. » (*ibid.*) ;

- la capitale dans laquelle Brodeck est parti faire ses études est simplement notée S. Pourtant, il peut s'agir là d'un élément important. En effet, il existe une ancienne capitale d'Europe centrale qui a été le siège du Gouvernement nazi à partir des années vingt : Stuttgart ;
- la *Pürische Nacht,* c'est-à-dire la révolte vécue par Brodeck dans la ville de S., n'est pas sans rappeler la Nuit de cristal (9-10 novembre 1938), une nuit et une journée d'émeutes, de pillages, de destructions et de lynchages envers les juifs qui se sont produites simultanément sur tout le territoire du Reich. Aussi, de nombreux lieux de culte et commerces exploités par la population juive ont été saccagés.

Ces marques semblent ancrer le roman dans l'Allemagne nazie : la haine de l'étranger, la guerre et la collaboration, les saccages, la langue aux accents germaniques, les camps, etc. Cependant, Philippe Claudel confie qu'il ne « voulai[t] pas écrire un livre sur la Shoah, il y en a déjà des milliers. *Brodeck* se déroule en Europe, dans l'Est ; ce n'est pas plus précis. Les Français voudront y voir l'Alsace, à cause du dialecte que j'ai inventé. Mais des amis allemands qui m'ont lu ont pensé à l'Autriche. On peut aussi songer à l'ex-Yougoslavie... » (Leménager G., « Philippe Claudel : *Le Rapport de Brodeck* est une parabole sur la Shoah », in *Bibliobs*). L'auteur confirme ici sa volonté de tendre à l'universalité, et non celle de se concentrer sur un évènement en particulier. Pour lui, « une thèse historique déguisée en roman » (*ibid.*) n'est pas intéressante : autant se plonger dans un vrai livre d'histoire sérieusement documenté.

Le village comme microcosme social

L'auteur ne lève donc pas complètement le voile. Pour traduire l'universalité dans son récit, l'auteur applique une autre formule qui consiste à dépeindre une société à une échelle bien plus réduite, celle d'un village.

La vie du village, et de la société à plus large échelle, est rythmée par trois temps :

- **avant la guerre**, malgré leur isolement, les villageois sont accueillants. Les voyageurs sont les bienvenus dans les auberges : ils apportent un vent nouveau et font vivre le village. Ceux qui semblent vouloir faire une halte prolongée sont accueillis à bras ouverts, comme Fédorine et Brodeck : « On nous a installés dans la cabane en nous faisant comprendre que nous pouvions y rester une nuit ou des années. » (chapitre VIII) Ainsi, « c'était un temps où personne encore n'avait peur des étrangers même lorsqu'ils étaient les plus pauvres des pauvres » (*ibid.*) ;

- **pendant la guerre**, la peur prend le pas sur la solidarité ancienne : l'occupant ordonne, les villageois s'exécutent. Mieux vaut en sacrifier quelques-uns pour la survie et la tranquillité du village entier. Il ne faut d'ailleurs qu'une seule personne vantant les mérites de l'occupation, Göbber, pour faire basculer les derniers réticents. Ainsi, ceux qui ont jadis été accueillis comme des frères, Brodeck et Frippman, sont à présent dénoncés ;

- **après la guerre**, les stigmates restent marqués : la suspicion se maintient et les différences gênent. Brodeck est surveillé et maintenu à distance ; il n'est en réalité que toléré dans un village dont « les mémoires allaient désormais devoir s'encombrer pendant des siècles » de l'horreur des camps et de leur collaboration, comme le reste de la population restée immobile durant le conflit (chapitre X). L'accueil de l'*Anderer* n'a, de son côté, plus rien de spontané ni de bienveillant. Sa différence fera d'ailleurs de lui une victime toute désignée.

Par ce moyen, l'entendement du lecteur est éclairé quant aux attitudes et réactions d'une société entière à travers la vie d'un village. On pourrait ainsi retrouver dans n'importe quelle société des villageois – compris ici comme une foule – qui suivent le mouvement sans trop s'interroger, des dirigeants opportunistes, comme Orschwir ou Göbber, des victimes, comme Brodeck ou l'*Anderer*.

MÉMOIRE ET CULPABILITÉ

Lorsque la guerre prend fin dans le roman, un monument aux morts est érigé sur la place du village, où sont inscrits les noms des villageois morts au combat. Le nom de Brodeck, enfermé dans un camp, y figure également. Cette inscription semble tranquilliser les habitants du village, les dédouaner. Ils ont certes commis une mauvaise action en le dénonçant et en l'envoyant dans un camp, mais ils font honneur à sa mémoire en écrivant son nom sur le monument. Seulement, les villageois ne savent pas encore que Brodeck a survécu. Lorsqu'il rentre au village, comme il n'est pas mort, on est obligé d'effacer son nom, et peu à peu nait dans le cœur des villageois de la rancœur. Sa disparition leur aurait en effet permis d'être en paix avec eux-mêmes : ils considéraient que l'hommage rendu via le monument aux morts était suffisant pour les dédouaner. Mais le retour de Brodeck les place à nouveau face à leur trahison passée. Brodeck, en tant que miroir reflétant la bassesse des habitants, se retrouve dès lors rejeté.

On remarque donc que la mémoire est considérée comme quelque chose de négatif : elle doit être neutralisée, car elle ne peut apporter que le mal. Cette pensée est confirmée par le maire qui dit à Brodeck :

> « Tout ce qui appartient à hier appartient à la mort, et ce qui importe c'est de vivre, tu le sais bien Brodeck, toi qui es revenu d'où on ne revient pas [...]. Le troupeau compte sur moi pour éloigner tous les dangers, et de tous les dangers, celui de la mémoire est un des plus terrible. » (chapitre XXXIX),

Pour vivre heureux, il semble donc qu'il faille oublier.

La volonté de mettre au point un rapport respecte la même logique : les villageois souhaitent qu'ils soient réalisés afin de calmer leur conscience, mais une fois celui-ci terminé, ils préfèrent s'en débarrasser, ne pas s'encombrer de ce souvenir accablant. Brodeck ne peut toutefois pas l'oublier ; c'est pour cette raison qu'il choisit de quitter le village.

UNE ÉCRITURE PLURIFORME

Intimiste et poétique

À l'instar de l'universalité du roman, les choix d'écriture de l'auteur attirent irrésistiblement le lecteur dans un récit dont il ne peut complètement se dissocier : ayant accès aux pensées du personnage, le lecteur rentre dans son intimité, ce qui permet de s'y attacher. Il est donc happé et touché par ce récit douloureux d'une vie gâchée. Plusieurs choix d'écriture agissent en ce sens :

- **l'utilisation de la première personne du singulier.** Faire le choix d'un récit écrit à la première personne du singulier plonge le lecteur à l'intérieur de l'histoire. Ce dernier se trouve ainsi dans la confidence, dans l'intimité d'une vie. Le lecteur noue donc une relation familière avec le narrateur qui devient un proche. De plus, ce « je » s'oppose à la foule, la masse des autres, ce qui a pour effet d'augmenter la cohésion entre le lecteur et cet individu singulier ;
- **le choix de la confession.** À cette tonalité person-nelle, s'ajoute l'écriture d'un « livre [...] intime » (cha-

pitre XXXX), une sorte d'autobiographie dans laquelle Brodeck raconte son parcours ponctué d'évènements bouleversants ayant à la fois trait à son passé et à son présent. Pour lui, son récit est à l'image de sa vie : « Si mon récit ressemble à un corps monstrueux, c'est parce qu'il est à l'image de ma vie, que je n'ai pu contenir et qui va à vau-l'eau. » (chapitre XXVIII) ;

- **la résurgence des souvenirs.** Les souvenirs réapparaissent à l'improviste, s'entrechoquent et se mêlent créant une sorte de « fatras » (chapitre XVI).

> « Quand je lis les pages précédentes de mon récit, je me rends compte que je vais dans les mots comme un gibier traqué, qui file vite, zigzague, essaie de dérouter les chiens et les chasseurs lancés à sa poursuite. Il y a de tout dans ce fatras. J'y vide ma vie. Écrire soulage mon cœur et mon ventre. » (*ibid.*)

Face à la confession hésitante, le lecteur ne peut rester indifférent ni prendre ses distances. L'auteur prolonge ainsi le lien presque intime entre son personnage et les lecteurs.

Malgré son parcours de vie plus que douloureux, Brodeck parvient à voir la beauté là où elle se trouve. Il fait l'éloge de la nature et des paysages, de la vitalité enfantine de sa petite Poupchette ou de la beauté muette de son épouse, Emélia.

Outre cette capacité à voir le beau, Brodeck parvient à l'insinuer dans l'horreur. Ainsi, lors de la *Pürische Nacht* qui a eu lieu à S., Brodeck ne peut « [s]'empêcher de songer qu'on avait dispersé [...] à foison des pierres précieuses. Cela donnait à la ruelle une dimension scintillante, merveilleuse et féérique, et l'apparentait à un décor de conte » (chapitre XXVI). Ces pierres précieuses ne sont autres que le verre brisé des « vitrines béantes comme des gueules d'animaux morts » (*ibid.*). Les camps « qui avaient poussé un peu partout au-delà de la frontière [sont, quant à eux,] comme des fleurs vénéneuses » (chapitre V).

La poésie s'immisce dans l'horreur, non pas pour l'atténuer ou la rendre plus acceptable, mais bien pour la souligner et la mettre en exergue. Elle n'est pourtant « d'aucune utilité pour survivre » (*ibid.*).

Au service d'un message

Pour Philippe Claudel, la mémoire doit rester vive ; elle ne peut s'effacer. Son roman peut parfois faire penser au terrifiant témoignage de Primo Levi (écrivain italien, 1919-1987), *Si c'est un homme* (1947), qui retrace son enfermement au camp d'Auschwitz. L'humanité doit certes se souvenir, mais Claudel ne cherche pas à condamner ou à asséner que cela ne doit plus exister : il cherche simplement à écrire un récit qui permettrait aux hommes de comprendre les hommes. Plus que le devoir de mémoire d'un évènement traumatisant précis, c'est le devoir de mémoire du passé, en général, qui est mis en évidence par l'auteur.

Le récit navigue sans cesse entre le présent, la vie de Brodeck au village et la rédaction du rapport, et ses souvenirs datant de la guerre, sa survie au camp. Les pensées du personnage permettent de considérer les faits sous un nouveau jour, de comprendre ou d'essayer de comprendre les hommes, ce qui les pousse à agir de telle ou telle façon, à faire mal à leurs semblables ou à les sauver.

Il montre ainsi que la chaleur et la bonté peuvent surgir à tout moment, même dans les pires. C'est précisément le message qu'il délivre en racontant la rencontre de Brodeck avec un homme qui lui a offert l'hospitalité, sans poser de question, alors qu'il rentrait du camp : « Ne parlez pas, a-t-il repris, je ne vous demande rien. Je ne sais pas exactement d'où vous venez, mais je crois que je peux deviner. » (chapitre XI) L'homme lui donnera même des vêtements afin de lui permettre de rejoindre son village : « Prenez-les [...] c'est juste à votre taille. Ils étaient à mon fils, mais il ne reviendra plus. C'est sans doute mieux comme ça. » (*ibid*.) Nous comprenons à demi-mot que le fils de cet homme a sans doute fait partie des tortionnaires et que son père préfère le voir mort plutôt que de devoir vivre avec ce fardeau.

Ce roman de Claudel, bien loin d'être une condamnation de l'humanité et de ses actes, est plutôt une interrogation sur la nature humaine et sur les rapports qu'entretiennent les hommes avec leur propre mémoire et avec ce qu'ils ignorent.

PISTES DE RÉFLEXION

QUELQUES QUESTIONS POUR APPROFONDIR SA RÉFLEXION...

- Quels sont les points communs et les différences entre *Le Rapport de Brodeck* et d'autres ouvrages traitant du même thème ? Quelle est l'originalité du roman de Claudel ? Justifiez votre réponse.
- Décrivez le personnage de *l'Anderer*. Pourquoi les villageois l'ont-ils assassiné ?
- Selon vous, y a-t-il un rapport entre *l'Anderer* et Brodeck ? Lequel ? Expliquez.
- Pourquoi Brodeck est-il déçu par l'attitude de Limmat, l'ancien maitre d'école ?
- Que peut-on dire de Schloss, l'aubergiste ? Comment Brodeck le perçoit-il ?
- « Je revenais, mais c'est lui qui pouvait enfin vivre », dit Brodeck en parlant de Diodème (chapitre XXII). Commentez cette citation.
- « Je m'appelle Brodeck, et je n'y suis pour rien. » Commentez cette phrase qui débute et clôt le roman.
- Quelle conception de la mémoire le roman véhicule-t-il ?
- Selon vous, Claudel a-t-il une vision optimiste ou pessimiste de l'homme en général ?
- Outre l'homme, ce roman mène une réflexion sur plusieurs concepts. Selon vous, quelle vision est portée sur la peur ? Et sur Dieu ?

Votre avis nous intéresse !
Laissez un commentaire sur le site de votre librairie en ligne
et partagez vos coups de cœur sur les réseaux sociaux !

POUR ALLER PLUS LOIN

ÉDITION DE RÉFÉRENCE

- CLAUDEL P., *Le Rapport de Brodeck*, Paris, Le Livre de Poche, 2009.

ÉTUDE DE RÉFÉRENCE

- LEMÉNAGER G., « Philippe Claudel : *Le Rapport de Brodeck* est une parabole sur la Shoah », in *Bibliobs*, consulté le 29 décembre 2016, http://bibliobs.nouvelobs.com/romans/20070907.BIB0038/une-parabole-sur-la-shoah.html

SUR LEPETITLITTÉRAIRE.FR

- Fiche de lecture sur *La Petite Fille de Monsieur Linh* de Philippe Claudel.
- Fiche de lecture sur *Les Âmes grises* de Philippe Claudel.

Retrouvez notre offre complète sur lePetitLittéraire.fr

- des fiches de lectures
- des commentaires littéraires
- des questionnaires de lecture
- des résumés

ANOUILH
- Antigone

AUSTEN
- Orgueil et Préjugés

BALZAC
- Eugénie Grandet
- Le Père Goriot
- Illusions perdues

BARJAVEL
- La Nuit des temps

BEAUMARCHAIS
- Le Mariage de Figaro

BECKETT
- En attendant Godot

BRETON
- Nadja

CAMUS
- La Peste
- Les Justes
- L'Étranger

CARRÈRE
- Limonov

CÉLINE
- Voyage au bout de la nuit

CERVANTÈS
- Don Quichotte de la Manche

CHATEAUBRIAND
- Mémoires d'outre-tombe

CHODERLOS DE LACLOS
- Les Liaisons dangereuses

CHRÉTIEN DE TROYES
- Yvain ou le Chevalier au lion

CHRISTIE
- Dix Petits Nègres

CLAUDEL
- La Petite Fille de Monsieur Linh
- Le Rapport de Brodeck

COELHO
- L'Alchimiste

CONAN DOYLE
- Le Chien des Baskerville

DAI SIJIE
- Balzac et la Petite Tailleuse chinoise

DE GAULLE
- Mémoires de guerre III. Le Salut. 1944-1946

DE VIGAN
- No et moi

DICKER
- La Vérité sur l'affaire Harry Quebert

DIDEROT
- Supplément au Voyage de Bougainville

DUMAS
- Les Trois
  Mousquetaires

ÉNARD
- Parlez-leur
  de batailles,
  de rois et
  d'éléphants

FERRARI
- Le Sermon sur la
  chute de Rome

FLAUBERT
- Madame Bovary

FRANK
- Journal
  d'Anne Frank

FRED VARGAS
- Pars vite et
  reviens tard

GARY
- La Vie devant soi

GAUDÉ
- La Mort du
  roi Tsongor
- Le Soleil des
  Scorta

GAUTIER
- La Morte
  amoureuse
- Le Capitaine
  Fracasse

GAVALDA
- 35 kilos d'espoir

GIDE
- Les
  Faux-Monnayeurs

GIONO
- Le Grand
  Troupeau
- Le Hussard
  sur le toit

GIRAUDOUX
- La guerre de
  Troie
  n'aura pas lieu

GOLDING
- Sa Majesté des
  Mouches

GRIMBERT
- Un secret

HEMINGWAY
- Le Vieil Homme
  et la Mer

HESSEL
- Indignez-vous !

HOMÈRE
- L'Odyssée

HUGO
- Le Dernier Jour
  d'un condamné
- Les Misérables
- Notre-Dame
  de Paris

HUXLEY
- Le Meilleur
  des mondes

IONESCO
- Rhinocéros
- La Cantatrice
  chauve

JARY
- Ubu roi

JENNI
- L'Art français
  de la guerre

JOFFO
- Un sac de billes

KAFKA
- La Métamorphose

KEROUAC
- Sur la route

KESSEL
- Le Lion

LARSSON
- Millenium I. Les
  hommes qui
  n'aimaient pas
  les femmes

LE CLÉZIO
- Mondo

LEVI
- Si c'est un
  homme

LEVY
- Et si c'était vrai…

MAALOUF
- Léon l'Africain

MALRAUX
- La Condition humaine

MARIVAUX
- La Double Inconstance
- Le Jeu de l'amour et du hasard

MARTINEZ
- Du domaine des murmures

MAUPASSANT
- Boule de suif
- Le Horla
- Une vie

MAURIAC
- Le Nœud de vipères

MAURIAC
- Le Sagouin

MÉRIMÉE
- Tamango
- Colomba

MERLE
- La mort est mon métier

MOLIÈRE
- Le Misanthrope
- L'Avare
- Le Bourgeois gentilhomme

MONTAIGNE
- Essais

MORPURGO
- Le Roi Arthur

MUSSET
- Lorenzaccio

MUSSO
- Que serais-je sans toi ?

NOTHOMB
- Stupeur et Tremblements

ORWELL
- La Ferme des animaux
- 1984

PAGNOL
- La Gloire de mon père

PANCOL
- Les Yeux jaunes des crocodiles

PASCAL
- Pensées

PENNAC
- Au bonheur des ogres

POE
- La Chute de la maison Usher

PROUST
- Du côté de chez Swann

QUENEAU
- Zazie dans le métro

QUIGNARD
- Tous les matins du monde

RABELAIS
- Gargantua

RACINE
- Andromaque
- Britannicus
- Phèdre

ROUSSEAU
- Confessions

ROSTAND
- Cyrano de Bergerac

ROWLING
- Harry Potter à l'école des sorciers

SAINT-EXUPÉRY
- Le Petit Prince
- Vol de nuit

SARTRE
- Huis clos
- La Nausée
- Les Mouches

SCHLINK
- Le Liseur

SCHMITT
- La Part de l'autre
- Oscar et la
  Dame rose

SEPULVEDA
- Le Vieux qui
  lisait des romans
  d'amour

SHAKESPEARE
- Roméo et Juliette

SIMENON
- Le Chien jaune

STEEMAN
- L'Assassin
  habite au 21

STEINBECK
- Des souris et
  des hommes

STENDHAL
- Le Rouge et
  le Noir

STEVENSON
- L'Île au trésor

SÜSKIND
- Le Parfum

TOLSTOÏ
- Anna Karénine

TOURNIER
- Vendredi ou
  la Vie sauvage

TOUSSAINT
- Fuir

UHLMAN
- L'Ami retrouvé

VERNE
- Le Tour
  du monde
  en 80 jours
- Vingt mille
  lieues sous
  les mers
- Voyage au
  centre de
  la terre

VIAN
- L'Écume des jours

VOLTAIRE
- Candide

WELLS
- La Guerre des
  mondes

YOURCENAR
- Mémoires
  d'Hadrien

ZOLA
- Au bonheur
  des dames
- L'Assommoir
- Germinal

ZWEIG
- Le Joueur
  d'échecs

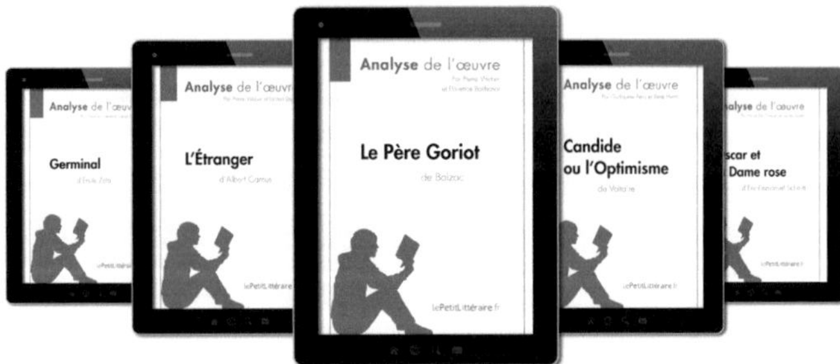

ISBN version numérique : 978-2-8062-9300-8
ISBN version papier : 978-2-8062-9301-5
Dépôt légal : D/2017/12603/13

Avec la collaboration de Florence Balthasar pour les chapitres « Un roman universel » et « Intimiste et poétique ».

Conception numérique : Primento,
le partenaire numérique des éditeurs.

Ce titre a été réalisé avec le soutien de la Fédération Wallonie-Bruxelles, Service général des Lettres et du Livre.